BIBLIOTECA JUVENIL

Joan Manuel Gisbert

EL EXTRAÑO ADIÓS DE ODIEL MUNRO

Ilustraciones de María Ángeles Tomás

EDITORIAL LABOR, S. A.

Segunda edición en Biblioteca Juvenil: 1989

Calabria, 235-239 - 08029 Barcelona
Cubierta: María Ángeles Tomás
Depósito legal: B. 8.939-89
ISBN: 84-335-4200-1 (colección)
ISBN: 84-335-4225-7 (volumen 25)
Printed in Spain - Impreso en España
Impreso en NOVOPRINT, S. A.
Sant Andreu de la Barca (Barcelona)

A AGUSTINA ROIG,
àngel tel·lúric estimat.

I. UN ANOCHECER EN EL BOSQUE

Aquel extraño carromato avanzaba por un camino forestal del bosque de Zarzaumbría. Allí no era frecuente el paso de carruajes: el solitario paraje parecía escuchar con asombro el dulce gemido de las ruedas de madera.

Adormecida en el pescante y zarandeada por el traqueteo de la marcha, una figura humana conducía, al menos en apariencia, a los mulos que tiraban del carro. Un amplio sombrero de paja le ocultaba el rostro y sus manos, distendidas, sujetaban apenas las riendas.

Momentos después se escucharon unos relinchos. Los mulos se habían detenido porque el camino se bifurcaba en dos distintas direcciones. Aquellos expertos animales de tiro esperaban que el soñoliento cochero indicase cuál de las dos tenían que tomar.

Al darse cuenta de que el conductor no reaccionaba, las esforzadas bestias insistieron en su llamada:

—¡Hiiiii, hiiiii, hiiiii!

El carretero, ya profundamente dormido en

su asiento, no hizo el más leve movimiento. Ante su silencio, los dos mulos decidieron no perturbar el sueño de su amo y concederse a sí mismos unos instantes de descanso.

Así transcurrió un cierto tiempo. El carricoche, parado en medio del camino, parecía estar aguardando a alguien. Al poco rato, un vago rumor de aleteos llegó por el aire. Los mulos, como saludando un son que les fuese familiar, relincharon de nuevo, mirando hacia lo alto.

Una peculiar bandada de palomas se estaba acercando al carromato. Sus colores tenían los tonos pastel del gris, del castaño y del rosado, con manchas en contraste, de colores más brillantes. Las había también blancas y pardas, y volaban en armoniosa formación. Eran, por lo menos, unas veinte, y se las veía muy bien alimentadas. Antes de posarse en el techo del carricoche, revolotearon alegremente en torno al adormilado cochero.

El bullicio de tantos aletazos y los ligeros vientecillos que movían al planear, tampoco despertaron al que ocupaba el pescante. Al fin, una de las palomas más blancas se posó en el sombrero del durmiente y picoteó algunas semillas que estaban en él esparcidas. Fue entonces cuando el cochero se despertó lánguidamente. Se llevó la mano al sombrero y tomando a la paloma con gran delicadeza, la puso sobre sus rodillas y le habló de este modo:

—¡Diana, bonita, eres el mejor despertador del mundo! —se giró y, viendo a las demás, dijo a continuación—: Ya estáis todas aquí, bien, bien, así me gusta. Pero, ¡qué tarde es! Otra vez me he dormido en plena marcha.

Entonces se dio cuenta de que el carromato estaba parado ante la bifurcación de los caminos.

—¡Pero si ya hemos llegado al desvío que baja de Calahonda! Estamos cerca del pueblo… Bueno, Diana, pues, aquí pasaremos la noche, ¿te parece?

Como asintiendo, el ave batió las alas y después levantó el vuelo para ir a reunirse con sus compañeras en lo alto del carro.

El hombre que había hablado tenía un aspecto extravagante y anticuado. Su larga barba cenicienta le llegaba hasta la cintura. Su rostro y sus brazos estaban muy curtidos por el sol. Blanco era el jubón abierto que vestía y blancos eran también sus holgados pantalones. Se trataba de una persona muy anciana pero, una vez desperezado, sus movimientos resultaron ágiles y vigorosos.

Todo en su aspecto traslucía pulcritud y dignidad, y se adivinaba sin esfuerzo que era un vagabundo de los bosques, un venerable y solitario trotamundos.

El anciano maniobró con sus mulos para alejar el carromato del sendero. Se internó un poco en la tenue espesura del bosque hasta llegar a un pequeño calvero. Al verlo, el barbudo carrero pareció satisfecho:

—¡Excelente, éste será nuestro albergue!

Enseguida desenganchó las caballerías y puso a su alcance abundante forraje. A continuación, retiró una gran lona de la cúspide del vehículo y ocho espaciosas jaulas quedaron al descubierto. Las abrió y las palomas, de forma ordenada y voluntaria, entraron en ellas. Dentro, en aseados comederos, había una gran abundancia de granos y semillas y el agua suficiente. Los arrullos de las aves indicaban su satisfacción.

Después de comer algunas frutas maduras, el anciano se sentó de nuevo en el pescante y permaneció inmóvil largo tiempo. Su semblante animoso estaba ahora pensativo. De pronto, con la mirada perdida en el extremo confín del bosque, sus labios empezaron a moverse, musitando un íntimo monólogo. Estaba, extrañamente, hablándose a sí mismo:

—...para algo muy hermoso naciste, tu vida ha sido fértil y dichosa, puedes sentirte satisfecho, entrañable anciano de los bosques... Aunque, de todos modos, ahora que tu existencia se acerca a su inevitable final, te gustaría prolongarla, te invade la nostalgia: no quisieras abandonar tu carromato, sabes que tus palomas van a echarte de menos... como tú a ellas... ¡pero, otra vida te espera! Siempre serás recordado con amor y eso te llena de alegría y te emociona cuando piensas en ello, como ahora...

Entonces, como si un recuerdo doloroso hubiese venido a perturbar sus divagaciones, su expresión adquirió matices amargos y melancólicos.

Estuvo algún tiempo así. Parecía buscar un nuevo impulso de esperanza. Al fin, con el rostro iluminado por un fulgor resuelto, exclamó:

—¡Seguiré con mi experimento hasta el final y ni una sola de mis horas podrá darse por perdida!

Luego, ya más tranquilo, echó una ojeada a sus animales y, tras cerciorarse de que dormían apaciblemente, él mismo cayó rendido por el sueño.

II. CALAHONDA SE VISTE DE FIESTA

Alma Nírel se levantó muy tarde. Era su primer despertar en Calahonda. Había llegado la noche anterior, desde la ciudad. Estaba muy necesitada de vacaciones y decidió pasar unos días con su hermana Rosana.

Al salir de la habitación se dio cuenta de que no había nadie en la casa. Pero habían dejado un abundante desayuno, coronado por una nota que decía: *Buenos días, Alma. ¿Descansaste bien? Nos encontrarás en el pueblo, tenemos mucho quehacer por lo de las fiestas.*

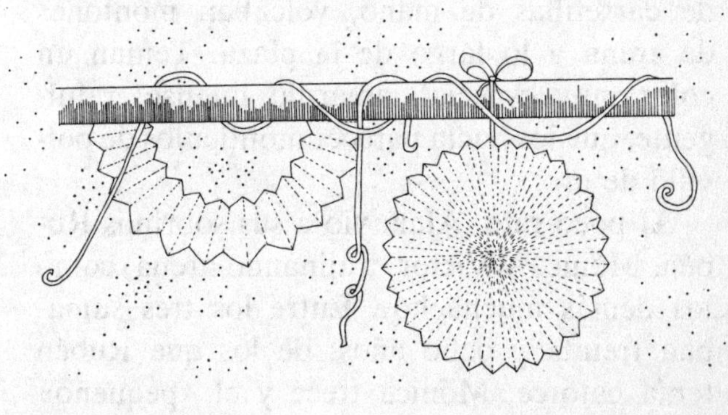

La villa de Rosana y su marido estaba en las afueras del pueblo, junto al río que bajaba de las montañas. Cuando el debido honor al desayuno estuvo hecho, Alma salió a dar su primer paseo por Calahonda. Deseaba participar en las fiestas del pueblo, pero no tenía ganas de hacer nada: se había propuesto disfrutar de un descanso total. Poco podía imaginar entonces que, muy pronto, inesperados acontecimientos iban a poner en juego toda su energía...

Pasando por entre grupos de gente que estaban colgando guirnaldas y papeles rizados de colores en las distintas callejuelas, fue a desembocar en la plaza mayor. Allí reinaba una gran animación. Numerosos niños y jóvenes estaban entregados a una actividad que, al principio, no comprendió. Haciendo constantes idas y venidas, y valiéndose de un sinfín de carretillas de mano, volcaban montones de arena a lo largo de la plaza. Tenían un color muy especial, amarillo intenso, refulgente, que los hacía parecer montículos de polvillo de oro.

Al poco rato, Alma vio a sus sobrinos Rubén, Mónica y Víctor, trajinando arena, como los demás muchachos. Entre los tres sumaban treinta y ocho años, de los que Rubén tenía catorce, Mónica trece y el «pequeño»

Víctor once. Alma, muy intrigada, se acercó para preguntarles:

—¿Qué váis a hacer con esos montones de arena?

—Un camino de bienvenida para Odiel Munro —contestó Rubén sin detenerse, para evitar que la carretilla volcase antes de llegar a su destino.

—Mónica, ¿quién es ese Odiel Munro? —le preguntó Alma al vuelo.

—Será una sorpresa para ti: sabe muchas cosas—. La chica tampoco se detuvo, estaban todos demasiado absortos en su trabajo para entretenerse a dar más explicaciones.

Sin embargo, Alma probó fortuna una tercera vez. Aprovechando que Víctor estaba vaciando su carretilla, dejó caer la pregunta:

—¿Qué cosas son las que Odiel Munro sabe?

—Un montón: cuentos, fábulas, leyendas, antiguos sucesos, historias, aventuras, canciones, poesías. Se podría pasar un año entero sin parar. ¡Hasta luego!—. Víctor se alejó en busca de un nuevo cargamento.

Vivamente interesada por lo que le habían dicho, Alma se retiró de la plaza. Si continuaba allí un minuto más acabaría por ser atropellada por alguna de las briosas carretillas.

Por todas partes, los preparativos de la fiesta tenían a la gente ocupada. En una plazoleta contigua, Jorge, el cuñado de Alma, estaba ayudando a los electricistas a instalar un tendido de bombillas de colores. Al ver a la recién llegada, exclamó:

—Este año vamos a tener unas fiestas como nunca, ya lo verás. Saldrán los gigantes y cabezudos, habrá títeres y teatro infantil, grandes bailes populares al aire libre, y también carreras de sacos, competiciones deportivas, disfraces y más cosas.

—Sí, el ambiente es precioso... Me han hablado los chicos de un tal Odiel Munro...

—Ah, sí, el viejo Odiel —dijo Jorge sin dejarla continuar—. Es un personaje, un auténtico personaje. Un poco raro, pero muy entrañable. A propósito, puede que te interese hablar con él, a ti siempre te han gustado esas cosas...

—Claro, ya lo estoy deseando. Si es como los chicos lo pintan...

—Llegará hoy mismo...

Uno de los electricistas, desde el otro lado de la plaza, gritó:

—¡Jorge, suelta más el cable, que no alcanza!

El aludido se encaramó en una escalera muy alta, mientras decía:

—Rosana está en la panadería; preparan una gran tarta para quinientas personas: ¡nos la merendaremos todos esta tarde!

—Hasta luego, Jorge. Voy a echarles una mano.

En la trastienda de la panadería reinaba también una gran animación. Mujeres y hombres por igual estaban apasionándose en la preparación de la gran tarta. Estaban ya en plena fase de ornamentación. Alma se situó junto a Rosana y, mientras colocaban cerezas confitadas en la superficie de merengue, supo algunas cosas más acerca del esperado Munro.

—Es muy viejo, nadie sabe exactamente

qué edad tiene —iba explicándole Rosana—, pero yo le calculo más de ochenta. Creo que había sido maestro, pero desde que lo jubilaron adoptó una vida de nómada. Además, el pueblo en que vivía fue quedando poco a poco despoblado; está allá en las montañas, ahora no es más que un conjunto de ruinas. Odiel se resistía a abandonarlo; durante algún tiempo solía pasar en él los inviernos como único habitante; pero, después, se convirtió en trotamundos permanente. No sé cómo se las apaña el resto del año, pero durante el verano recorre los pueblos con su espectáculo de palomas. Esta tarde lo verás.

—¿Vive de eso? —preguntó Alma, sin dejar de poner guindas en la tarta.

—En parte, sí. De hecho, él nunca ha querido aceptar dinero a cambio de sus actuaciones. Dice que ya tiene su pensión, que trabaja sólo para distraerse y para entretener a la gente. Pero como todos sabemos que esa pensión será muy poca cosa, le regalamos fruta, quesos, leche, huevos y otras cosas, excepto carne y pescado: no quiere ni probarlos, es vegetariano.

—Lo que me parece fascinante es eso de que sabe tantos relatos y leyendas...

—Ah, sí, es muy cierto. Durante toda su vida se ha dedicado a aprender cuentos, fábulas, sucesos misteriosos, crónicas antiguas... sabe miles, ¡todas de memoria! Al atardecer, después de su actuación con las palomas, reúne a los niños, y a los no tan niños, y les cuenta preciosas historias. Yo también he ido algunas veces. Hay quienes piensan que, en el fondo, es un viejo chiflado. Incluso algunos se ríen de él. Pero la mayoría lo apreciamos mucho, y los chicos lo adoran, como has podido comprobar.

—Pertenece a una estirpe que creía extinguida por completo: ¡los antiguos narradores orales! ¡Me interesa mucho, muchísimo! ¿Cómo no me lo habían dicho antes?

—¡Pues, no había caído, la verdad, siempre tengo tantas cosas en la cabeza! ¡Pero no se ha perdido nada: ¡dentro de unas horas estará aquí!

III. UNA SENDA DORADA PARA ODIEL MUNRO

Un poco antes de las cinco de la tarde, una alegre multitud llenaba la plaza mayor de Calahonda. Sólo quedaba libre un espacio central y el sendero que hasta él conducía, obra de los más jóvenes.

Era ya tradicional que cada año le preparasen alguna bienvenida. El anciano entraba siempre en los pueblos a las cinco de la tarde. Su aparición solía ser el primer acontecimiento público que daba comienzo a las fiestas. A Calahonda le correspondía el honor de ser la primera población de su itinerario estival: cada año Odiel Munro celebraba allí el reencuentro con sus numerosos amigos.

En los tres veranos anteriores, la recepción de los chicos de Calahonda a Munro había consistido, respectivamente, en un ruidoso concierto de instrumentos musicales improvisados, en la imposición al anciano de una simbólica corona de laurel, y en una lluvia de

briznas de hierba y pétalos de flores a su paso por las callejuelas del pueblo.

La alfombra que en aquella ocasión le habían preparado consistía en un camino de arena dorada que desembocaba en un gran círculo situado en el centro de la plaza mayor. Era una especie de pista de circo que nadie iba a pisar antes que el homenajeado. En ella, con aerosoles de colores, habían pintado la inscripción ODIEL MUNRO, BIENVENIDO A CALAHONDA, flanqueada por un sinfín de estrellas y flores.

—Ya viene, ya viene —gritó un chiquillo que entraba corriendo en la plaza.

Al momento empezaron a escucharse las melodías del acordeón de Munro. Era su inseparable instrumento: lo tocaba al entrar en los pueblos, durante la exhibición de las palomas y también, a veces, como acompañamiento cuando, al atardecer, relataba sus historias.

Alma, junto a su hermana, esperaba con emoción la llegada del personaje. En aquel momento, la vistosa bandada de palomas llegó volando a la plaza: siempre precedían a su amaestrador, entrando momentos antes de que éste hiciese su aparición. Después de describir varias elipses, en perfecta formación, sobre los cientos de cabezas que miraban al aire, se fueron posando, algunas en el campanario de la iglesia, otras sobre los distintos tejados, alrededor de la plaza, en actitud de espera.

La música del acordeón, ya muy cercana, inició una alegre marcha. Instantes después, Odiel Munro, caminando por el sendero dorado que habían creado para él, atravesó el pórtico que daba entrada a la plaza. Detrás, a unos pocos metros, avanzaba el singular carromato: los mulos parecían seguir los compases de la marcha.

Al verle, la gente prorrumpió en afectuosas aclamaciones. Cuando el animoso anciano llegó al círculo central y vio la inscripción en él pintada, no disimuló su emoción. Se quitó el gran sombrero de paja, hizo una reverencia en prueba de agradecimiento, saludó con un amplio ademán a todos los allí congregados y después, discretamente, parpadeó varias veces para evitar que las lágrimas siguieran nublándole la vista. Pronunció luego unas breves palabras de gratitud que no llegaron a ser escuchadas a causa de la algazara reinante.

Inmediatamente dio comienzo el espectáculo de las palomas. Como presentación, Odiel las fue llamando una a una, por sus hermosos y musicales nombres: Diana, Fluvia, Delea, Serina, Islabia... Bajaban en picado desde su atalaya, se posaban en la mano de Munro, éste les daba un beso y una golosina que tenía oculta entre los labios, se remontaban de nuevo, sobrevolaban la plaza y regresaban al campanario o a los tejados.

Después sacó un gran aro del carromato y, dando indicaciones a las aves mediante una

variada gama de silbidos y notas de acordeón, consiguió que todas ellas, una tras otra, pasaran velozmente a través del aro, para luego agruparse en el techo del carricoche. Estas primeras demostraciones arrancaron cálidos aplausos.

Al empezar el siguiente número, Odiel se puso el sombrero de paja. Emitió entonces un silbido especial que sólo sus palomas comprendían. Al instante, todas ellas se le acercaron y sobrevolaron su sombrero en perfecto orden, sin entorpecerse unas a otras. A una nueva señal del anciano, tomó cada ave con su pico una de las anillas que aparecieron en el ala de paja. Munro la sujetó con las manos y enseguida las palomas se remontaron en muy diversas direcciones, arrastrando tras de sí larguísimas cintas de colores que, saliendo del sombrero, parecían ascender para rozar el cielo. La singular belleza de este efecto fue premiada con exclamaciones que se escucharon a lo largo y ancho de la plaza.

Odiel Munro y sus palomas llegaron a realizar hasta veinte distintos números, a cual más espectacular y sorprendente. Entre los que mayor impresión le produjeron a Alma, estuvo el simulacro de rescate de una paloma herida a cargo de tres de sus compañeras. También la lluvia de flores sobre el público que las aves produjeron, dejándolas caer desde el aire después de haberlas recogido en el interior del carromato. Asimismo, varias escenas de amor, llenas de delicadeza y sentido coreográfico, que distintas parejas de palomas realizaron en el techo del carro, convertido así en insólito escenario de ballet.

Fue muy emotivo el número final. Odiel se tendió en el techo de la tartana simulando estar dormido. Acto seguido, las palomas, que en aquel momento estaban en los cables del tendido eléctrico, bajaron volando junto a Munro y, con sus arrullos, zureos y cantaleos, con delicados roces de ala en las mejillas del anciano, y paseándose por encima de su pecho mientras contoneaban sus cuerpos y cabezas, lo *despertaron.* Al incorporarse, Odiel Munro las premió de nuevo con mimos y golosinas y, desde lo alto del vehículo, saludó a la concurrencia mientras él y sus palomas recibían fuertes aplausos.

Concluida aquella primera exhibición, el singular artista fue agasajado en el bar de la plaza por el alcalde y los vecinos. A pesar de su impaciencia, Alma consideró que no era todavía el momento oportuno para trabar amistad con él. Esperaría a que llegase la idónea situación: la *hora del cuento* que iba a celebrarse más tarde en el bosque contiguo.

IV. EL MOMENTO DE LA MÁGICA TRANSFERENCIA

Cuando Alma y sus sobrinos llegaron al claro del bosque, ya un nutrido corro se había formado en torno a la figura del anciano. Odiel Munro esperaba a que llegasen los más rezagados, en actitud de ilusionada reserva, como si concentrase todas sus energías para la mágica entrega de personajes y situaciones que iba a efectuar. A poca distancia, las palomas descansaban plácidamente en las jaulas del carromato, y los mulos, desenganchados, consumían su pitanza.

Aquella festiva asamblea estaba formada, sobre todo, por niños y muchachos, aunque había también algunas personas mayores que habían acudido como acompañantes o atraídos por el propio interés de la sesión. Rubén, Mónica y Víctor se sentaron en primera fila, junto a sus amigos, mientras que Alma eligió una posición más retirada, algo oblicua, desde la que podría observar tanto los gestos del artista como los rostros de su auditorio.

De pronto, como si un íntimo resorte se hubiese puesto en marcha en su interior, Munro empezó a hablar. Al instante, un silencio expectante se hizo y la voz rugosa y sugerente del anciano llegó con nitidez a todos los rincones del calvero:

—Hoy empezaremos con una historia muy hermosa que ocurrió hace muchos, muchísimos años, en las montañas…

—¿Cómo se llama este cuento, Odiel? —preguntó uno de los más pequeños.

—*El sortilegio de la aurora* —repuso Munro, acariciando las palabras como si evocasen antiguos hechos—. Gabriel era un zagal que pasaba meses enteros en el monte con su rebaño de cabras. Sabía tocar la flauta y conocía a todos sus animales por su nombre. A pesar de la dureza del trabajo, no se sentía desgraciado. Se bañaba en los fríos manantiales y conocía el lenguaje de las nubes. Las águilas escuchaban con deleite el sonido de su flauta y respetaban el rebaño. Se dejaba caer rodando por las praderas inclinadas y Llami, su buen perro pastor, lo perseguía ladrando alegremente. La luz del sol le hacía ver figuras misteriosas a través de los párpados y, por la noche, observaba las estrellas como si fuesen un jardín luminoso.

»Pero, de todas las gracias de la naturaleza, dos eran las que con mayor fascinación lo seducían: el crepúsculo y la aurora. Nunca dejaba de contemplarlos. Era en aquellos momentos del atardecer y del alba cuando más inspirado se sentía soplando su flauta. Llegó a estar tan a merced de aquellos dos fenómenos, que deseaba pasearse por el cielo cuando se producían.

»Se despertaba siempre unos minutos antes del rayar del día. Salía apresuradamente de su tienda de cabrero y se disponía a contemplar absorto las primeras luces de la albada.

»Una de aquellas mañanas —prosiguió Odiel Munro con una voz que parecía hacerse más expresiva y encantadora a medida que el relato avanzaba—, cuando estaba, como siempre, dispuesto a contemplar el radiante despuntar de la jornada, se sintió impulsado a andar hacia la región del sol naciente, como si estuviese a su alcance sólo con darse una pequeña caminata. Avanzaba con los brazos extendidos hacia Oriente para recoger en su pecho todos los destellos de la aurora.

Odiel, con amplios ademanes, sugería lejanos horizontes. Alma se daba cuenta de que la magia del cuento había calado muy hondo en el ánimo de todos los oyentes.

—Y entonces vio lo que nunca había visto —proseguía Odiel ahondando el misterio que sus palabras producían—. Ante él se extendía una pista luminosa formada por los primeros rayos del amanecer; como una larga alfombra de luz que naciese bajo sus propios pies, parecía tener consistencia suficiente para sostener su peso…

Aquí Munro hizo una pausa. Alma pensó al principio que era un recurso del narrador para dejar al auditorio durante unos instantes en suspenso. Pero luego, al ver que el anciano dirigía miradas furtivas a sus espaldas, en dirección a la espesura del bosque, se extrañó un poco.

La narración prosiguió sin mayor tardanza, pero Odiel titubeaba como si, súbitamente, pensamientos ajenos al cuento se hubiesen adueñado de su mente, dificultándole el habla.

—...Gabriel tenía ante sí... el pastor, con los ojos muy abiertos, pensó que estaba todavía soñando... es decir... miraba... —continuamente, pausas injustificadas cortaban el hilo del relato, las frases quedaban en el aire, sin concluir— ...el camino de luz, cada vez más resplandeciente estaba... allá en el extremo más alejado del sendero empezó a ver...

Munro enmudeció de nuevo. Alma vio que seguía mirando de soslayo hacia el interior del bosque, disimuladamente, como si no quisiese que los presentes lo advirtieran. Después, miró fijamente las caras asombradas de los niños que estaban más cerca de él. Odiel parecía estar muy turbado, como si un acontecimiento imprevisto le impidiera concentrarse.

Cuando ya algunos murmullos de impaciencia empezaban a levantarse, se pasó la mano por la frente en actitud de cansancio. Después, sonrió un poco para que nadie se preocupase y se decidió a continuar:

—Como estábamos diciendo, el zagal contempló maravillado la amplia estela de claridad que venía a morir a sus pies. Pero mayor fue todavía su sorpresa cuando vio que unas extrañas figuras que parecían salir del mismo sol avanzaban hacia él desde la lejanía de la pista luminosa. Antes, mucho antes de que Gabriel pudiese distinguir con claridad sus facciones y vestiduras, pudo percibir de algún modo las voces de los misteriosos personajes:

«"—Tú nos has llamado sin saber que existíamos. Nosotros somos los Magos del Amanecer, llevamos los rayos del sol naciente hasta los más remotos lugares de la Tierra para que el ciclo de la vida se renueve cada día. Nunca nadie nos ha visto, a ningún ojo humano hasta ahora nos habíamos mostrado. Pero tú, con tu insistente admiración hacia nuestra obra, te han hecho acreedor a lo que nadie de tu especie consiguió antes."

»Mientras este mensaje le llegaba, los mágicos seres continuaron acercándose a una velocidad inusitada, aunque sin perder su porte solemne y majestuoso. Sus formas recordaban vagamente a las humanas, pero con una esta-

tura muy superior. Los vaporosos ropajes que vestían formaban, todos juntos, los colores del arco iris. A través de ellos podía adivinarse que sus cuerpos eran casi transparentes. Sus siluetas sólo interponían una tenue mancha nebulosa frente a los primeros rayos del sol.

»Impulsado por un deseo poderoso, sin experimentar desasosiego ni temor, Gabriel gritó con todas sus fuerzas:

»"—¡Quiero ir hoy con vosotros! ¡Quiero ver cómo derramáis la luz del día por encima de los montes y los mares!"

»De nuevo el coro de voces, pues todas le llegaban a la vez, armoniosa y dulcemente, se hizo escuchar:

»"—Sí, Gabriel, podrás acompañarnos. Pero, para emprender el fantástico viaje, antes tendrás que caer profundamente dormido. Con el peso de tu cuerpo no podrían desplazarte por el aire. Nosotros te ayudaremos a alcanzar el estado adecuado."

»Cuando los magos estuvieron tan cerca de él que los rayos que llevaban lo cegaron, el pastor se sintió invadido por una agradable somnolencia...

Odiel Munro detuvo nuevamente su relato. Se puso en pie, se giró y, esta vez sin disimulo alguno, clavó su mirada en la densidad del bosque.

Estuvo así más de un minuto. Luego, con visible agitación, se volvió a mirar a su auditorio. Entonces, por vez primera, su mirada coincidió con la de Alma. Ella supo que el anciano se estaba preguntando algo en silencio, a sabiendas de que ninguno de los presentes podía ayudarle a encontrar la respuesta. Odiel estaba confuso y perplejo, parecía buscar a alguna persona concreta entre los que lo rodeaban. Después, miró otra vez al bosque con ansiedad, como si alguien que fuese necesario para la continuación del cuento se estuviese retrasando. De todos modos, esta idea no era verosímil, pues Munro siempre narraba solo, sin colaboradores venidos de los bosques...

El anciano, sin lograr resolver lo que tanto parecía preocuparle, dio algunos pasos en dirección al carromato, como buscando en él refugio. Sin embargo, antes de alcanzarlo, dio media vuelta, haciendo un gran esfuerzo, y volvió a mirar a Alma.

Ella tuvo entonces la certeza de que algo anormal estaba sucediendo.

Odiel Munro no parecía darse cuenta del asombro que su conducta había producido entre los niños. De pronto, la vocecita de una chiquilla que, por encima de todo, quería conocer la continuación de la historia, se elevó débilmente por encima del círculo:

—¿Y, el pastor, se quedó dormido enseguida?

Ante aquella espontánea intervención, Odiel se dio cuenta de que los tenía a todos esperando. Como si hubiese encontrado el hilo del relato entre sus manos, las cerró, y el cuento se puso de nuevo en movimiento:

—Cayó suavemente sobre la hierba mientras veía que las figuras de los Magos se disgregaban en el seno de la claridad creciente. Luego... luego advirtió que su viaje no sería... su viaje iba a darle... el viaje iba... el viaje... —Munro titubeaba a cada frase, pero no parecía enfermo ni desfallecido, al contrario, se le veía lleno de vigor y, sin embargo...

—¡Si tardas tanto, luego no nos podrás contar otros cuentos! —protestó un niño.

Odiel cerró los ojos, tal vez en busca de concentración; extendió los brazos ante sí, tal como había descrito que el pastor lo hacía, pero no continuó la narración.

Alma estuvo a punto de levantarse, sospechaba que el anciano necesitaba ayuda, pero no podía adivinar de qué clase.

Entonces, Munro, reaccionando de pronto, bajó los brazos y dijo:

—¡Lo que ahora sigue es maravilloso, os gustará, os gustará mucho, ya lo veréis!

—Está tratando de ganar tiempo —pensó Alma.

Y, efectivamente, en lugar de continuar su historia, Odiel se acercó al carricoche con la mirada perdida en la frondosidad del bosque.

Alma pensó en aquel momento que alguien oculto en la espesura estaba haciendo señas. Se incorporó y trató de descubrir dónde estaba la supuesta persona que, de modo tan insistente, distraía la atención del anciano. Mas nada pudo ver, todo parecía estar solitario en torno al claro del bosque. Enseguida, la voz de Odiel la distrajo de sus averiguaciones:

—Disculpadme, amigos... —dijo de modo vacilante, para precisar a continuación— ...queridos amigos. En un minuto estaré de nuevo con vosotros, no os vayáis... hay algo que...

Dichas estas palabras, empezó a internarse en la espesura. Cuando ya lo habían perdido de vista, se escuchó su voz una última vez, algo lejana:

—...hay algo que tengo que hacer ahora... es sólo un momento... sí, un momento nada más... esperadme... no os vayáis... no tardaré...

Mientras hablaba, el anciano había seguido

caminando. Sus palabras sonaron cada vez más distantes hasta que, al fin, dejó de escuchársele.

En un primer impulso, Alma estuvo tentada de seguir al anciano. Pero, luego, el temor de entrometerse o importunar a Odiel, la hizo desistir. Enseguida, sus tres sobrinos se reunieron con ella.

—Está hoy muy extraño, ¿verdad? —dijo Mónica al llegar.

—Sí, un poco —repuso Alma, mostrándose menos preocupada de lo que estaba realmente—. ¿Nunca se había comportado así?

—¡No, nunca! —dijo Rubén—. Y hace varios años que viene...

—Cuando empezaba una historia, ya no la dejaba hasta el final —añadió Víctor—. ¡Te hacía vivir cada escena como si fuese de verdad!

—Bueno, pues vamos a esperar a que vuelva; no puede tardar —repuso Alma llena de dudas.

Los minutos pasaron y Odiel Munro no aparecía. Al fin, Alma se puso en pie y dijo:

—Vamos a dar una vuelta por el bosque. Si vemos a Munro le preguntaremos si puede continuar o si aplazamos la sesión hasta mañana.

Estuvieron un buen rato buscando, sin que

Odiel Munro apareciese por parte alguna. Cansados, regresaron al claro donde se había celebrado la interrumpida reunión. La mayor parte de los chicos ya no estaban. Se acercaba la hora de la cena y habían vuelto a sus casas con la desilusión del cuento interrumpido. Allí, abandonado, estaba el carromato de Odiel con sus animales y pertenencias. Algunos chiquillos rezagados estaban curioseando alrededor, aunque sin tocar nada.

—Será mejor que volvamos al pueblo —decidió Alma—. Munro está muy acostumbrado a andar solo por los bosques y no creo que necesite de nuestra ayuda... De todos modos, me gustaría saber cuál ha sido la causa de su extraña conducta... ¡En fin, tal vez mañana él nos lo aclare todo!

La noche empezaba a caer lentamente cuando los cuatro se alejaron del calvero. La arboleda, a sus espaldas, continuaba solitaria y silenciosa: cuando Odiel Munro regresara sería ya de noche...

V. PESQUISAS Y SOBRESALTOS NOCTURNOS

A pesar de que la cena había sido abundante, Alma, a solas en su habitación, no conseguía conciliar el sueño. La imagen atribulada de Odiel se fijaba con insistencia en su imaginación. Tanto fue así que, pasadas las dos de la madrugada, cansada de luchar contra el insomnio, saltó de la cama sigilosamente. Estaba cada vez más inquieta. Había intentado restarle importancia al asunto, pero la incomprensible marcha del anciano le impedía olvidar ciertos temores.

Dispuesta a salir de dudas cuanto antes, se vistió sin hacer ruido ni encender las luces y salió furtivamente de la casa. Se había propuesto comprobar si Munro estaba ya de regreso en su vivienda sobre ruedas. En poco rato, guiada por el resplandor del plenilunio, llegó al escenario del misterio.

El carromato continuaba allí, en la misma posición que antes. Los mulos y las palomas no hacían ningún ruido: sin duda dormían plácidamente, ajenos por completo a las sospechas de la furtiva visitante. Alma rodeó el vehículo cautelosamente, dirigiéndose a la entrada que estaba en la parte posterior. Una gran abertura oscura franqueaba el paso hacia el interior del carromato, pero la penumbra reinante hacía imposible que pudiera verse si el anciano trotamundos estaba tendido en su jergón.

La improvisada detective recurrió a la caja de cerillas que llevaba en el bolsillo. Había decidido encender una para comprobar si sus temores eran ciertos, aun arriesgándose a sobresaltar a Munro si, de verdad, estaba allí. Sin embargo, antes de hacerlo, como medida de precaución, dijo suavemente:

—Señor Munro, por favor, quisiera hablarle un momento... un momento nada más...

...Alma escuchó atentamente, pero sus palabras no provocaron reacción alguna en el interior del carricoche.

Aquel silencio espeso no contribuyó a tranquilizarla. Por un momento llegó a arrepentirse de haber salido de casa movida por sus temores. Pero la duda de tener que enfrentarse a algo desagradable fue vencida al instante por un fuerte sentimiento de solidaridad que se formuló así en su pensamiento:

—No sé cuál es el problema o peligro que

te acecha, Odiel Munro, es cierto, pero algo me dice que existe y que es acuciante y angustioso. Mi ayuda no ha de faltarte, si puede en algo serte útil. ¡Pero antes, déjame verte a salvo dentro de tu furgón!

Hubiese frotado el fósforo enseguida, no podía esperar más, pero algo la hizo detenerse. Un leve ruido, procedente del boscaje, parecía delatar alguna presencia humana en las proximidades.

Por un momento, pensó que se trataría de algún ave nocturna que se movía entre el ramaje. Cuando ya se había quedado con esta idea, el sonido se repitió y entonces, claramente, unos pasos sigilosos sonaron muy cerca de allí.

Se quedó quieta y en silencio para evitar ser descubierta por quien se aproximaba. Al fin y al cabo, podía tratarse de Odiel Munro y, si la veía allí, su presencia junto al carromato a aquellas horas resultaría difícil de explicar. A ella le bastaba con saber que el anciano había regresado por su propio pie...

Pronto esta hipótesis se vio desmentida. Alma tuvo de pronto la certeza de que más de una persona se acercaba. A juzgar por los pasos que continuaban escuchándose, serían por lo menos tres los desconocidos visitantes. Avanzaban por distintas direcciones hacia el calvero, como si estuviesen haciendo una maniobra envolvente.

Un nerviosismo considerable se había apoderado de Alma. Precipitadamente, pensó que lo mejor sería señalar su presencia. Después de todo, nada tenía que ocultar, sus intenciones eran nobles.

El ligero temblor que sacudía su pulso le dificultaba el encendido de las cerillas. Hizo un gesto rápido para lograrlo, pero la caja se le cayó al suelo. Se agachó enseguida, sin hacer ruido, para recuperarla. Tanteó la hierba una y otra vez, pero no conseguía dar con ella…

De pronto, un horrible alarido rasgó el silencio del bosque. Alma, instintivamente, se arrojó al suelo y se escondió debajo del carromato. El chillido se repitió, muy cerca de ella. Perdido ya todo control, la muchacha salió huyendo de su escondrijo sin poder reprimir un grito de pánico. Quería buscar refugio en la espesura, fuera de aquel fatídico calvero en el que parecían haberse dado cita todos los misterios y peligros.

Pero su desesperada carrera se vio muy pronto interceptada: fue a chocar contra lo que le pareció, en su pavor disparado, el cuerpo de un enano. Cuando ya creía perder el sentido, algo la hizo serenarse en una fracción de segundo: uno de los mulos había relinchado. Antes, presa de su temor, ¡había confundido el súbito sonido de un relincho con un alarido humano!

Y, para acabar de tranquilizarla, una voz juvenil, la de aquel que había derribado al pretender huir, le dijo al oído:

—¿Eres tú, tía?

—¡Víctor! —exclamó con gran alivio la aludida—. ¿Cómo estás aquí?

Antes de poderse escuchar la respuesta, Rubén y Mónica llegaron junto a ellos. Alma ya fue capaz de bromear, diciéndoles:

—¡Con que érais vosotros, vaya canguelo me habéis hecho pasar, pillastres!

Mónica tomó la palabra para ofrecer las oportunas explicaciones:

—Rubén se dio cuenta de que salías a hurtadillas de la casa. Enseguida vino a despertarnos. Poco después estábamos los tres junto al río. Tú ya habías desaparecido...

—No podíamos seguirte —prosiguió Rubén—, pero no nos costó mucho esfuerzo adivinar dónde te encontraríamos: ¡aquí!

—A nosotros también nos dejó muy preocupados la marcha de Odiel. ¡Tenías que habernos avisado antes de venir! —protestó cariñosamente Víctor.

—La idea me vino de repente, chicos. Además, pensé que estaríais durmiendo. De todos modos, el misterio sigue sin aclararse. Con el jaleo que hemos armado, es imposible que Munro siga durmiendo en el carromato: seguro que no ha regresado todavía.

—Vamos a verlo, para estar seguros —propuso Rubén—. Aunque no las habíamos encendido, por si acaso, hemos traído linternas.

Un poco sobrecogidos por un vago temor, se acercaron al vehículo. Su estampa arcaica y solitaria imponía respeto.

Sin embargo, a la luz de las linternas, pudieron comprobar que el furgón estaba desocupado. Entre la diversidad de objetos que, ordenadamente, llenaban el interior del carromato, destacaba el jergón de Odiel Munro: intacto y sin deshacer, mostraba el súbito alejamiento de su propietario.

Los cuatro detectives de circunstancias hicieron un pequeño reconocimiento por los alrededores, aunque sin demasiadas esperanzas de descubrir algo significativo. En aquellos momentos, en el cercano campanario de la iglesia dieron las tres.

—No vamos a ganar nada merodeando por aquí —dijo Alma con una tranquilidad que estaba lejos de sentir—. Estoy segura de que mañana veremos a Munro con sus palomas, como si tal cosa. Nos hemos preocupado demasiado. Ahora tenemos que volver a casa, cuanto antes. Si vuestros padres se dan cuenta de que hemos desaparecido de nuestras alcobas, pueden alarmarse mucho.

Regresaron apresuradamente. Al poco tiempo, todos se habían reintegrado a sus habitaciones. Alma se desvistió despacio y se metió en la cama con poca convicción. Quería relajarse, pero le resultaba imposible. No acertaba a encontrar ni una sola explicación verosímil para la ausencia de Munro y, así, todas las conjeturas inquietantes resultaban posibles.

Los minutos pasaron lentamente hasta que, al fin, sus párpados cayeron rendidos de cansancio. Mientras dormía, obtuvo un hermoso premio. Recreó en sueños, con intensidad y viveza extraordinarias, las escenas narradas por Odiel. Vio al pastor bañándose en el nacimiento de los ríos, escuchó los dulces sonidos de su flauta y se extasió ante los mismos amaneceres que Gabriel contemplaba. Siguiendo el cuento paso a paso, sin olvidar colores ni detalles, llegó hasta el momento en que los translúcidos magos del alba se aparecieron. Y, justamente entonces, en el momento en que el anciano había suspendido su relato, se despertó. Al asomarse a la ventana observó, sin poder evitar un extraño estremecimiento, que en aquel instante, al igual como ocurría en el cuento soñado, las primeras luces del alba llegaban hasta su cara...

Aquel momento mágico se vio interrumpido por unos golpes en la puerta de su cuarto. Alguien llamaba con los nudillos. Alma abrió enseguida, para encontrarse con los rostros demudados de sus tres sobrinos: ellos también habían madrugado.

—Tía Alma —dijo Mónica entre sollozos—, Odiel Munro no ha regresado: nos lo ha dicho el panadero. Varios hombres han ido ahora a ver el carro, pero todo sigue igual.

—Dejadme que me vista: ¡tenemos que movilizar a todo el mundo! Un hombre así no puede quedar desasistido, sea lo que sea lo que le haya ocurrido. ¡Es preciso que antes de esta noche demos con él!

VI. UNA DESAPARICIÓN QUE CONVULSIONA A CALAHONDA

La noticia había corrido ya por todo el pueblo. Apenas fue necesario que Alma y sus sobrinos contagiaran su decidida voluntad de acudir en rescate del anciano. Los miembros de la corporación local dieron inmediato aviso a las autoridades. Tanto las patrullas forestales, como los servicios de vigilancia rural y los servicios de asistencia en carretera, fueron puestos en estado de alerta en toda la demarcación de Calahonda.

Pasado el mediodía, y ante la total ausencia de noticias de Munro, su carromato y sus animales fueron conducidos a un establo. Se les dio regularmente alimento a los mulos y a las palomas, pero parecían estar muy tristes. En especial, las aves, estaban mustias y alicaídas y permanecían en los rincones de sus jaulas con los ojos entrecerrados. Sin duda, notaban la ausencia de su amo.

Algunas voces se alzaron proponiendo que las fiestas fuesen suspendidas hasta que se encontrase a Munro. Sin embargo, el criterio general fue el de, a pesar de todo, continuar. La mayoría opinó, no sin razón, que los que no participasen en la búsqueda tenían que proseguir como pudieran con las celebraciones: esta sería la mejor forma de honrar a Odiel quien, com era bien sabido, amaba muchísimo aquellas fiestas que cada año contribuía a animar con su presencia.

Esta decisión no impidió que se formasen muchas expediciones de rastreo para colaborar con las fuerzas de seguridad en el reconocimiento exhaustivo de la zona. Alma y sus sobrinos participaron activamente en la búsqueda. Se enrolaron en una de las patrullas que registraron una amplia extensión del sector norte del bosque.

Pero ni aquella ni las demás exploraciones dieron el resultado apetecido: no fue hallado ni el menor vestigio del anciano.

Así continuaron las cosas por espacio de tres días hasta que, al empezar el cuarto, Odiel Munro fue dado oficialmente por *desaparecido*. El desaliento cundió entre las patrullas: se había registrado el terreno tan minuciosamente que parecía imposible que el paradero del artista de las palomas y los cuentos no hubiese sido descubierto. Aunque muy aminorada, la búsqueda a cargo de los escuadrones

—¿A cuál quieres ir a parar tú? —pregunta Mónica.

—A la tercera hipótesis. Me parece que es lo cierto: Óscar se alejó por su propia voluntad, con objeto de... lo decidió en aquel momento porque era necesario para poder realizar algo que se había propuesto. Cuando se fue, no sabía de verdad que su ausencia sólo se prolongaría unos momentos. Pero luego, por causas que todavía no podemos adivinar, se le hizo necesario alejarse más y más. Y desde entonces, permanece oculto, eludiendo y aprovechándose de nuestras maniobras de salvamento para poder continuar lo que se había propuesto. En cuanto haya logrado eso, sea lo que sea, reaparecerá y nos lo explicará todo.

—Pero, ¿de qué puede tratarse, Alma? —inquirió Víctor.

—No podemos saberlo, por ahora. Pero debe tratarse de algo importante, de algo que él persigue desde hace mucho tiempo, en solitario, sin intervención de ninguna otra persona. Por eso ha eludido la necesidad de alerta.

—Si nos hubiese dicho lo que quería hacer, tal vez no... —comentaba Mónica.

—Él creería que para el éxito de su experimento, o lo que sea, debe mantenerlo en secreto hasta el último momento. Y tal vez sin

—¿A dónde quieres ir a parar, tía? —preguntó Mónica.

—A la tercera hipótesis. Me parece que es la certera: Odiel se alejó por su propia voluntad, porque así lo decidió en aquel momento, porque era necesario para poder realizar algo que se había propuesto. Cuando se fue, pensaba de verdad que su ausencia sólo se prolongaría unos momentos pero, luego, por causas que todavía no podemos adivinar, se le hizo necesario alejarse más y más. Y, desde entonces, permanece oculto, eludiendo voluntariamente nuestras patrullas de salvamento, para poder culminar lo que se había propuesto. En cuanto haya logrado eso, sea lo que sea, reaparecerá y nos lo explicará todo.

—Pero, ¿de qué puede tratarse, Alma? —inquirió Víctor.

—No podemos saberlo, por ahora. Pero debe tratarse de algo importante, de algo que él persigue desde hace mucho tiempo, en solitario, sin intervención de ninguna otra persona. Por eso ha sentido la necesidad de aislarse…

—Si nos hubiese dicho lo que quería hacer, tal vez nosotros… —apuntaba Mónica.

—Él considera que para el éxito de su experimento, o lo que sea, debe preservar el secreto hasta el último momento. Y tal vez ahí esté su error. Aunque es pronto para decirlo, no cabe duda de que se le presentan dificultades imprevistas: de otro modo no hubiese ocurrido lo de su intempestiva marcha.

—¡Pero, tal vez se le podría ayudar de algún modo, aunque él piense que no es conveniente! —arguyó Rubén, que se resistía a limitarse a esperar el voluntario regreso de Munro.

—Eso creo yo también —repuso Alma vivamente—. Si nosotros, en secreto, lográsemos averiguar su paradero, es posible que nos otorgase su confianza…

—Y, entonces —remachó Víctor poniéndose en pie como si ya estuviese entrando en acción—, ¡la aventura continuaría!

De pronto, Mónica, con un destello sagaz en la mirada, dijo:

—Se me ocurre que si soltamos las palomas, puede que vayan a reunirse con él. ¡Nos darían una pista muy buena!

—¡No es mala idea! —respondió Alma, imaginando dicha acción—. Pero, si emprenden el vuelo rápidamente, no podremos seguirlas.

—¡Quién sabe! Pero Mónica tiene razón: merece la pena intentarlo. Lo extraño es que a nadie se le hubiese ocurrido antes… —dijo Rubén, bajando la voz como un conjurado.

—Tenemos que hacer algo —Rubén era poco amigo de esperar, y menos todavía en aquella situación.

—¡Tal vez, si movemos el carro, creerán que están emprendiendo viaje y entonces saldrán, como solían hacer cuando iban con Odiel! —la idea de Víctor parecía fructífera y todos se decidieron a ponerla en práctica—. ¡Manos a la obra!

Por supuesto, no engancharon los mulos: les hubiese llevado demasiado tiempo. Enseguida descubrieron que el carromato era muy pesado para sus fuerzas pero, a costa de empeño y sudores, lograron sacarlo de la inmovilidad. Podían hacerlo avanzar lentamente: dieron varias vueltas por el patio exterior del establo, sin salir al callejón.

De pronto, las palomas abandonaron su estado de postración. Estaban en actitud atenta, receptiva, como si alguna señal perceptible sólo para ellas se estuviese produciendo.

—¡Escondámonos, que nada las distraiga! —susurró Alma a sus jóvenes secuaces—. ¡Es posible que Odiel las esté llamando en este preciso momento!

Instantes después, como si, efectivamente, hubiesen respondido a una inaudible llamada, las palomas salieron de las jaulas y se remontaron entre un murmullo de aleteos.

—¡Vamos tras ellas! —apenas Rubén hubo pronunciado estas palabras, la pequeña cuadrilla salió corriendo del establo.

Las palomas habían subido muy arriba y parecían estarse orientando. Describieron algunos círculos por encima de Calahonda sin decidirse a elegir una dirección concreta.

—¡Ahora todo el mundo las verá y se darán cuenta de lo que hemos hecho! —dedujo Mónica.

—De momento, alejémonos del establo y, en cuanto salgan del pueblo, trataremos de seguirlas. Si no se alejan demasiado deprisa, seremos los únicos que llegaremos a tiempo de observar su rumbo —cuando Alma todavía estaba acabando su última frase, las aves empezaron a surcar el aire en dirección al norte.

—¡Si van haciendo pequeños altos no se nos escaparán! —vaticinó Mónica muy eufórica.

Pero, una vez encontrado el sentido de vuelo que buscaban, las palomas se alejaron tan raudas que muy pronto dejaron de verse. Alma y los chicos corrieron muchísimo tras ellas, pero las copas de los árboles les ocultaban el sendero aéreo de las aves. En muy pocos minutos, la bandada quedó fuera de su alcance visual.

—Van demasiado veloces. Nos han tomado

una delantera que no podemos salvar: otra posibilidad que se ha perdido —comentó Alma jadeando por el esfuerzo realizado.

En vista del fracaso, los cuatro perseguidores se tendieron en la hierba musgosa del bosque para recobrar el aliento. De pronto, Alma dijo:

—De todos modos, el experimento no ha sido en vano: ahora podemos estar seguros de que Odiel Munro está vivo y no muy lejos de Calahonda. ¡Las palomas nos lo han demostrado!

VII. LA ÚLTIMA PISTA SE CIERRA SOBRE SÍ MISMA

La gente de Calahonda se había dado perfecta cuenta de la marcha de las aves. No se preocuparon de averiguar quién o quiénes las habían liberado. Al fin y al cabo, todos reconocían que había sido una buena idea: ahora disponían de una pista segura. Sería mucho más fácil encontrar a Munro si cerca de él estaban sus palomas señalando la posición que ocupaba.

Por su parte, los improvisados abridores de jaulas nada dijeron. Todavía albergaban la esperanza de dar con el anciano por su cuenta y ganarse su confianza.

En la plaza mayor se habían formado rápidamente nuevas expediciones. Estaban dispuestos, si era necesario, a pasar la noche en el bosque para reemprender la búsqueda apenas amaneciera. Momentos antes de que las distintas columnas de rescate emprendiesen la marcha, alguien gritó:

—Mirad allí. ¡Las palomas han regresado!

—¡Sí, tienes razón, son las de Odiel, no cabe duda! —confirmaron otras voces al instante.

La bandada se acercaba rápidamente a la plaza, en línea recta. El alcalde, deseoso de que aquella incertidumbre se acabase, vaticinó:

—¡Ajá! Eso significa que el viejo está a punto de volver y, como de costumbre, sus palomas le preceden!

Las aves habían llegado a la plaza. Dieron dos veloces vueltas sobre su espacio abierto y se posaron en torres y tejados, como el día de la llegada de Munro. Cuando, aunque algo incrédulos, todos esperaban que Odiel apareciese de un momento a otro ante ellos, una de las palomas, la que tenía el nombre de Diana, se lanzó planeando por encima del gentío y acabó posándose en el hombro de uno de los allí presentes.

Enseguida, alguien que estaba junto al agraciado, comprendió el significado de aquel acercamiento del volátil:

—¡No hagas ningún gesto brusco! No la asustes: ¡lleva un mensaje! Diana se dejó coger dócilmente. Desprendieron una hoja seca de árbol que estaba sujeta a su pata. En ella, con letra muy menuda y tinta de fabricación campestre, estaba escrito el siguiente mensaje:

«Al fin he encontrado el modo de suplicaros que me perdonéis. Hasta ahora, y muy a pesar mío, no había podido hacerlo sin riesgo de descubrir dónde me encuentro. Sé que me habéis estado buscando. Os lo agradezco de corazón y, humildemente, os pido perdón por haber ocasionado tantas fatigas.

»Tenéis que saber que me encuentro bien y que nada me falta. No os tenéis que inquietar por mí aunque mi ausencia se prolongue indefinidamente. He llegado a un difícil momento de mi vida, y no puedo compartirlo con nadie, ni siquiera con todos vosotros, mis queridos amigos.

»Os ruego encarecidamente que dejéis de buscarme; aun con vuestra mejor intención, podríais dificultar el experimento que estoy tratando de llevar a cabo. Si todo sale bien, algún día lo comprenderéis todo. Pero las dificultades que tengo que vencer son muchas. En fin, disculpadme otra vez, pero ahora no puedo entrar en más detalles.

»Les he devuelto a mis palomas la libertad. De ahora en adelante ya no me será posible continuar con mis espectáculos callejeros. Que ellas elijan su destino. No os toméis molestia alguna, sabrán encontrar su sustento. Sólo os pido que respetéis su independencia. Con los mulos puede quedarse quien prometa darles un buen trato. Son nobles y trabajadores cuando sus necesidades son atendidas. En cuanto al carricoche, podéis darle el destino que mejor os parezca. Tan sólo quisiera que conserváseis mi acordeón en buen estado. Ahora no lo necesito, pero quizás algún día sienta deseos de tenerlo otra vez.

»Para concluir, quiero que sepáis que, ocurra lo que ocurra, siempre os llevaré en mi corazón. Vosotros, y todos los habitantes de los pueblos que recorrí, me dísteis calor y fuerza para llevar adelante el gran experimento de mi vida.

»Para siempre, y desde siempre, adiós. Cuando volvamos a vernos, pues espero que eso ocurra, Odiel Munro ya no será la misma persona. A decir verdad, nunca existió. No debe, por lo tanto, entristeceros su desaparición. Era sólo un personaje intermediario para llegar a un fin maravilloso. Pero, mientras estuvo con vosotros, os respetó y os amó sinceramente, y no fue nunca tan feliz como cuando hacía felices a los niños.»

La lectura del mensaje causó un enorme impacto en la plaza. Algunas personas lloraron y todos se sintieron muy emocionados. Las patrullas que se disponían a salir abandonaron su propósito al conocer las revelaciones del enigmático documento. Todos decidieron respetar el secreto con el que el anciano quería envolverse, todos... excepto Alma Nírel y sus tres sobrinos.

Después de que muchos lo hicieran, Alma examinó el comunicado de Munro. Pero no se entretuvo en releer su contenido. En cuanto tocó la seca hoja de árbol, dijo en voz baja a sus pequeños cómplices:

—Creo que ya sé dónde podremos encontrarlo.

—¿Dónde? —inquirió Mónica ansiosamente.

—¿Cómo lo has sabido? —añadió Rubén, mientras Víctor pasaba la hoja a otros curiosos que allí se agolpaban.

—¡Psssttt! Luego os lo contaré —susurró Alma—. Mañana, temprano, saldremos a su encuentro. ¡Pero nadie tiene que saberlo!

VIII. EL MISTERIO SE AGRANDA EN EL COLMENAR DE ZARZAUMBRÍA

A la mañana siguiente, a una hora muy temprana, Alma y los chicos, pretextando una excursión que les iba a llevar todo el día, salieron de Calahonda.

No tenían la intención de respetar al pie de la letra las instrucciones de Odiel Munro. Se proponían dar con él. Alma pensaba que el hacerlo era más urgente que nunca pues, el anciano, una vez cumplida su obligación moral de tranquilizar a la gente que lo buscaba, podía alejarse más hacia las montañas, donde sería prácticamente imposible encontrarlo.

La muchacha seguía teniendo el presentimiento, ya casi la certeza, de que Odiel, al pensar que tenía que prolongar su aislamiento, estaba en un error.

—El contacto con personas que estén dispuestas a compenetrarse con su idea, y a secundarla en lo que les sea posible, creo que tiene que serle beneficioso, por mucho que él no lo crea. Y más todavía si se encuentra en un momento difícil —había dicho Alma a sus sobrinos.

Si alguien hubiese podido adivinar cuál era el plan de los cuatro *excursionistas,* sorprendido habría quedado al enterarse que éstos creían saber dónde se ocultaba el anciano.

Muchos habían intentado deducirlo del texto del mensaje, sin éxito. La hoja en que estaba escrito tampoco aportaba indicios concretos: pertenecía a un árbol muy común en la región. La tinta, por su parte, no podía suministrar ninguna pista. Podía haber sido hecha con una mezcla de savia, tierra y excrementos de paloma, o por cualquier otro procedimiento al alcance del desaparecido en algún lugar del bosque.

Pero el indicio revelador había sido descubierto por Alma cuando tuvo la hoja en sus manos. Advirtió en su dorso algunos residuos, hilillos apenas, de miel. Este detalle, que pasó a los demás inadvertido al confundirlo con restos de resina, hizo que la muchacha recordase que, en un paisaje bastante agreste, a unas dos horas del pueblo, había una zona de colmenas abandonadas en las que todavía quedaba algo del dulce manjar. Ella observó esto cuando recorría la zona con las patrullas de rescate y, respondiendo a sus preguntas, uno de los que la acompañaban dijo que eran las únicas colmenas que quedaban en pie en el término.

Los vestigios de miel, por lo tanto, proporcionaban una pista segura. Odiel había impregnado ligeramente la hoja porque estaba buscando alimento en el colmenar cuando fue sorprendido por la llegada de sus palomas: sin poder lavarse las manos completamente, emprendió la redacción de su mensaje. Luego, el escondrijo de Munro, tenía que estar en las proximidades.

Cuando ya llevaban un buen rato de marcha y la zona de los panales estaba cercana, Alma detuvo el avance de la pequeña columna. Al amparo de una gran roca que los ocultaba, trazó el plan de aproximación.

—Tenemos que continuar con la suficiente cautela para que Munro no nos descubra antes de que nosotros lo queramos. Si tiene un escondite perfecto, se ocultará de tal modo que no podremos descubrirlo. De ahora en adelante seremos muy sigilosos. Vosotros tres os dirigiréis directamente al colmenar. Nada en vuestra forma de acercaros tiene que demostrar que andáis buscándolo. Se trata de que crea que habéis venido a por la poca miel que queda, sin ninguna otra intención. ¿Entendido?

—Sí, podremos hacerlo muy bien, Alma

—repuso Mónica muy entusiasta—. Pero, ¿qué harás tú mientras tanto?

—Me acercaré por el otro lado y trataré de encaramarme a un árbol desde el que pueda divisar las cercanías del colmenar. Si todo sale como espero, creo que podré salirle al paso.

—Y nosotros, una vez allí, ¿qué hacemos? —preguntó Víctor.

—Vais comiendo miel despreocupadamente. Si os cansáis, os podéis tumbar en la hierba como si tal cosa. No tenéis que hacer nada más hasta que yo os avise.

—¡De acuerdo! —dijeron los tres al mismo tiempo poniéndose de nuevo en marcha.

Alma tomó un rumbo envolvente a buena marcha: tenía que llegar antes que los chicos a la zona de las colmenas. Cuando consideró que se había aproximado lo suficiente, trepó, no sin ciertas dificultades, hasta la copa de un gran árbol. Aunque el ramaje le dificultaba la visión, podría descubrir cualquier movimiento que se produjese en la arboleda.

Al poco rato, vio llegar a los chicos junto a las colmenas. Iniciaron la pequeña comilona de miel, según lo previsto. Ella escudriñaba el paraje con toda su atención. No pasó mucho tiempo sin que su actividad de vigía obtuviese recompensa.

Algo se estaba moviendo en la espesura, una figura humana. Alma no pudo verla bien al principio. Adivinaba su presencia por los temblores de los altos matorrales.

En el claro, Rubén, Mónica y Víctor, simulando estar absortos en la degustación, daban buena cuenta de las últimas existencias de miel. El personaje que estaba en la fronda los estaba observando sin delatar su presencia. De pronto, volvió sobre sus pasos silenciosamente y desapareció. Aguzando la vista, Alma advirtió que entre dos rocas cubiertas por la maleza había una angosta hendidura capaz de permitir, aunque con dificultades, el paso de una persona. Sin duda, había entrado allí.

—Debe tratarse del acceso a una gruta subterránea —pensó Alma en su observatorio—. Los zarzales lo ocultan casi perfectamente. ¡Con razón no lo vimos al rastrear la zona! Este debe ser el actual refugio de Munro...

Cuando ella estaba a punto de bajar para dar a conocer su presencia al ocupante de la cueva, se quedó quieta al ver que éste salía apresuradamente del subsuelo. El hombre se alejaba del colmenar poniendo gran empeño en no ser visto por los muchachos. El itinerario que seguía en su huida iba a conducirle hacia el árbol en el que Alma estaba acechándole.

Cuando el personaje estuvo más cerca, la oculta observadora se llevó una sorpresa tan grande que a punto estuvo de caerse.

¡Aquel hombre no era Odiel Munro!

Alma necesitó varios segundos para reaccionar pero, enseguida, algunas de las frases del mensaje que la paloma trajo le vinieron a la memoria. Ahora parecían adquirir todo su significado:

«...Cuando volvamos a vernos, pues espero que eso ocurra, Odiel Munro ya no será la misma persona. A decir verdad, nunca existió. No debe, por lo tanto, entristeceros su desaparición. Era sólo un personaje intermediario para llegar a un fin maravilloso.»

La figura desconocida, siguiendo con su sigilosa retirada, había llegado junto al árbol. En aquel preciso instante, Alma tomó una súbita decisión. Con voz muy clara, aunque algo temblorosa por la emoción del momento, le gritó:

—¡Odiel Munro, o quienquiera que seas, déjame tomar parte en tu aventura! ¡Con la fuerza del corazón te lo suplico!

El aludido se detuvo de pronto, como repentinamente paralizado. Durante unos largos segundos pareció haberse transformado en estatua de mármol: lívida quedó su piel. Después, lentamente, muy lentamente, como en un gesto que costase un gran esfuerzo, levantó la cabeza buscando el origen de la voz.

Fue entonces cuando Alma pudo ver su rostro. Una exclamación irrefrenable se escapó de su interior:

—¡No es posible! ¡No es posible!

Después, se desvaneció...

....

Más de tres horas habían transcurrido. Ya era casi mediodía. Rubén, Mónica y Víctor estaban muy inquietos. Desde que se separaron, nada habían vuelto a saber de su tía.

—¡No podemos continuar así, sin saber qué pasa! —vociferaba Rubén, olvidando todo disimulo y sin preocuparse de que se le oyese desde el bosque.

—Pero ella dijo bien claro que la esperásemos sin movernos de aquí —oponía Víctor.

—Alma puede estar en algún apuro, quizá le ha ocurrido algo, no sé, una caída o algo parecido —dijo, muy preocupada, Mónica—. Hasta puede que se haya extraviado, no conoce bien el bosque.

—Sí, algo extraño sucede —apoyó Rubén volviendo a la carga—. No puede ser que esté todavía esperando a que Odiel aparezca. Nos habría avisado de algún modo. ¡Vamos a buscarla!

—A lo mejor está hablando con el viejo y nosotros lo estropeamos todo —Víctor, con estas palabras, manifestó su última resistencia. En el fondo, también estaba convencido de que tenían que saltarse la consigna recibida.

—Olvidemos las suposiciones. Esta espera no puede durar más. ¡Vamos ya! —Rubén había decidido tomar el mando del grupo para hacer valer sus derechos de hermano mayor, condición ésta que normalmente no era muy respetada...

En el momento en que se disponían a iniciar sus indagaciones, advirtieron que alguien se estaba acercando al colmenar. Actuando por instinto, todos a una, corrieron a esconderse detrás de las colmenas. Por los intersticios que había entre ellas iban a poder ver quién se acercaba sólo cuando la persona en cuestión estuviese muy cerca de ellos. Pero, entretanto, disponían de un escondrijo perfecto.

Pasó un rato sin que nadie llegase ante las colmenas. Dedujeron que el visitante, fuese quien fuese, se había detenido. En voz muy baja, los tres parlamentaron.

—Hemos hecho una tontería al escondernos —empezó Mónica—. Si es Alma, se extrañará al no vernos y tal vez se aleje, buscándonos.

—Sí, tienes razón. Es mejor que salgamos.

—No, todavía no, Víctor —Rubén continuaba sintiéndose el jefe—. ¿Y si fuese Odiel? Será conveniente que no nos vea antes de que Alma actúe.

—Pero, ¿no decías antes que...? —intervino de nuevo Mónica—. ¡Además, no sabemos si es Alma!

—No os preocupéis. Si es ella, no irá muy lejos.

Las palabras de Rubén hicieron su efecto. Olvidando la larga espera que habían soportado, continuaron agazapados como si el desenlace de la situación fuese a producirse de un momento a otro. Pero los minutos fueron pasando sin que nada sucediese. Al fin, Mónica saltó.

—Vosotros haced lo que queráis, pero yo no sigo así ni un minuto más. ¡De una vez por todas, quiero saber qué está pasando!

—Está bien, está bien, tienes razón —concedió Rubén a regañadientes, pero rindiéndose ante la evidencia—. ¡Tenemos que salir de dudas, es verdad! Ya lo decía yo antes...

Mientras ellos hablaban, Víctor salió del

escondite. Enseguida, Mónica y Rubén oyeron su voz desilusionada:

—¡No hay nadie! ¡No se ve a nadie!

Los tres se reunieron de nuevo ante las colmenas. Víctor tenía razón. Los alrededores estaban tan solitarios como antes.

—¡Basta ya! Vamos a buscar a Alma inmediatamente —indicó Rubén recuperando el *mando*.

Y así lo hicieron. Durante más de dos horas, meticulosamente, dando una buena batida por el bosque cercano. Pero no encontraron a nadie, absolutamente a nadie. Al fin, Víctor, muy cansado, propuso lo que parecía ser la única solución.

—¡Volvamos al pueblo ahora mismo, vayamos a decir lo que ha ocurrido!

—¡Pero eso nos obligará a descubrir nuestro secreto! —lamentó Mónica.

—Ahora ya, qué más da. La desaparición de Alma lo cambia todo —Rubén parecía haber envejecido cinco años de repente—. Me parece que cometimos una imprudencia al no hacer caso de las advertencias del viejo... En fin, no quiero pensar nada. ¡Vámonos cuanto antes!

Con extrañas intuiciones, los tres muchachos emprendieron un veloz regreso. Les dolía tener que presentarse en el pueblo como aventureros fracasados y, lo que todavía era peor, como portadores de una nueva alarma. Pero no tenían otra opción y aceptaron con entereza el ingrato cometido.

IX. LOS PERSONAJES DE LOS CUENTOS SE PONEN EN MOVIMIENTO

Los acontecimientos, desarrollándose todavía más deprisa de lo que los chicos imaginaban, iban a hacer innecesario que diesen a conocer el resultado de la fingida excursión.

Antes de las dos de la tarde llegaron a las afueras de Calahonda. Rodearon el pueblo para dirigirse directamente a su casa, sin pasar por las calles del casco antiguo. No querían ser vistos todavía. Habían decidido dar la noticia, ante todo, a sus padres, y decidir luego, todos juntos, cómo actuar.

Entraron en la casa excitados y dando voces. Deseaban compartir cuanto antes el peso de la intranquilidad. Con gran sorpresa, vieron que nadie les respondía.

—Qué extraño, ¿verdad? —dijo Mónica mientras recorría varias habitaciones—. ¿Cómo no están aquí, si es la hora de la comida? No nos esperaban, pero bien tenían que comer ellos…

—Habrán ido a la fonda del pueblo —supuso Rubén.

—No. Sabes que a papá no le gusta —opuso Víctor entrando en la cocina—. ¡Además, mira! ¡Es muy extraño!

Los otros dos fueron allí corriendo. La comida estaba casi hecha; los cacharros, esparcidos por el fregadero, en desorden; la pequeña mesa de dos plazas, casi puesta... No era difícil adivinar que sus padres habían salido de la casa precipitadamente.

—¡Ay, madre! Esto no me gusta nada —exclamó Mónica tapándose la boca con la mano—. ¡Algo tiene que haber pasado para que se fuesen tan de repente!

—¡Vaya día! —mascullló Rubén—. Vamos enseguida al pueblo. Allí algo sabrán. ¡Rápido!

Salieron corriendo. No se atrevían a decirlo, pero cada uno de ellos, por su cuenta, estaba casi seguro de que algún percance grave le había ocurrido a Alma.

Estos temores se hicieron más insistentes cuando, al entrar en Calahonda, se dieron cuenta de que no había nadie en las calles ni en las casas. Parecía que todos hubiesen huido de pronto.

Al propio tiempo, percibieron un agitado rumor de voces que provenía de la plaza mayor. A juzgar por el griterío, se estaba celebrando allí una reunión de emergencia, cosa que resultaba doblemente extraña dado lo inoportuno de la hora. Debía tratarse de algo verdaderamente urgente.

Los chicos notaron que las piernas les temblaban. De súbito, se sintieron sin fuerzas para correr.

—Yo no me atrevo —dijo Mónica sollozando—. ¡Algo muy grave ha ocurrido, estoy segura! Id vosotros delante, no puedo más.

Víctor y Rubén se quedaron dudando. Hasta ellos llegaban con cierta claridad las voces, pero no conseguían entender más que frases entrecortadas.

—...iremos todos al bosque, sí, ahora mismo, para...

—...lo iba a pensar, una cosa tan...

—...por nosotros no quedará, que no se diga que no quisimos hacerlo...

—...ahora todo es posible, pero no creo que sirva de nada si...

—¿Lo estáis oyendo, lo estáis oyendo? —repetía Mónica entre lágrimas—. ¿Sabéis lo que eso significa?

—Tal vez quieren salir a buscarnos a nosotros, pensando que nos hemos perdido... —dijo Víctor con voz ahogada.

De pronto, una voz se elevó sobre las demás. La escucharon nítidamente.

—Sí, yo os aseguro que si nuestra acción

da el resultado que esperamos, lo recordaréis toda la vida. ¡Manos a la obra, el tiempo apremia!

—¡Es ella! ¡Es ella! —exclamó la chica dando saltos.

Echaron a correr como locos. Se habían quitado un enorme peso de encima porque, sin duda alguna, la voz que acababan de escuchar era la de ¡Alma Nírel!

Cuando avanzaban por un callejón que les conducía directamente a la plaza, se encontraron conque el gentío la estaba abandonando a toda prisa, bloqueándoles el paso.

Al verlos, algunos de los que se cruzaron con ellos, dijeron cosas que los dejaron atónitos:

—¡Ah, ya están aquí!

—¡Vamos, habéis llegado en el mejor momento!

—¡Tenéis que preparar vuestros disfraces!

Y pasaron junto a ellos sin detenerse. Los tres hermanos no salían de su asombro. Cuando, al fin, lograron entrar en la plaza, ésta había quedado desierta. Todos se habían marchado rápidamente a sus casas. Tampoco Alma ni sus padres estaban allí. Sin duda, habían salido por otra callejuela.

—Entremos en el bar. Alguien habrá que nos aclare...

—No, Mónica —interrumpió Rubén—. Haciendo eso demostraríamos nuestro despiste. Todos dan por supuesto que nosotros sabemos de qué va la cosa.

—Volvamos a casa. Si los papás están allí, nos lo dirán todo —propuso Víctor.

—Sí, estarán. Seguro que han tomado el camino de arriba —dijo Mónica.

—De acuerdo, pero rápido. ¡Nos llevan la delantera!

Hicieron el mismo recorrido en la mitad de tiempo. Más que correr, volaban. Cuando ya iniciaban la bajada hacia el río, vieron que sus padres estaban entrando en la casa. Alma no iba con ellos.

Salvaron raudos el tramo final. Al oír el alboroto de su llegada, Jorge y Rosana salieron a recibirles.

—Ajá, el guardabosque os dio el aviso, ¿verdad? —les preguntó su padre con la mayor naturalidad.

—¿Qué guardabosque, papá? —repuso Víctor muy sorprendido.

Disimuladamente, Mónica le dio un codazo mientras respondía:

—¡Sí, sí, claro, el guardabosque... nos avisó!

Los tres hermanos no querían mostrar su desconocimiento de la situación. Habían iniciado la aventura como protagonistas y se resistían a perder su primer papel en la historia. Calladamente, al oír lo del guardabosque, recordaron el momento en que se habían escondido detrás de las colmenas al advertir que alguien se aproximaba...

Rosana rompió aquel momento incómodo. Se había dado cuenta del desconcierto de sus hijos y, sin herir su amor propio, quiso ponerles al corriente de todo.

—Aunque ya sabéis por el guardabosque que Alma volvió al pueblo antes que vosotros, os voy a resumir lo ocurrido después. Hace escasamente una hora, cuando vuestro padre y yo estábamos preparando la comida, llegó de improviso tía Alma. Estaba muy rara, totalmente transformada, no parecía la misma, se movía como si flotase, como si algo asombroso le hubiera ocurrido.

—Sí, parecía un fantasma —intercaló Jorge—. Pero no un fantasma de película de miedo: parecía venir de otro mundo, de un mundo fantástico...

—Nos extrañó también que viniese sola, sin vosotros —continuó Rosana—. Ella nos dijo que vendríais después, que estábais bien, en el colmenar de Zarzaumbría. Enseguida le preguntamos el motivo de su regreso, tan inesperado, sin decirle nada acerca de su extraño aspecto, para no asustarla. Claro, nosotros no sabíamos...

—Entonces nos dijo que en el bosque estaba ocurriendo algo, pero que no podía hablarnos de ello por el momento. A continuación, nos siguió sorprendiendo con estas palabras:

«Tenemos que reunir a toda la gente en la plaza mayor cuanto antes. Ayudadme, os lo ruego. ¡Se trata de algo importante, muy importante!»

—Yo le pregunté entonces —intervino nuevamente Rosana—, si había ocurrido alguna desgracia, si estaba sucediendo algo malo. Ella, sin vacilar, me dijo:

«No. Es algo increíble, inesperado, Rosana. Algo que yo nunca había imaginado. Pero todavía no ha llegado a su punto crítico. Va a ser necesaria la intervención de todos nosotros, hoy mismo. Pero, vamos enseguida, el tiempo apremia.»

—Para congregar rápidamente al personal —prosiguió Jorge—, decidimos utilizar la campana de la iglesia para tocar a reunión. El párroco se quedó muy asombrado, pero no nos lo impidió. En pocos minutos, sacamos a la gente de sus casas, la plaza se llenó en un santiamén. Entonces, Alma, se subió al entarimado de la orquestina y dijo:

«Aunque la mayor parte de vosotros ni siquiera me conocéis, os suplico que creáis en la veracidad de mis palabras. Os he convocado aquí de forma tan intempestiva porque va a ser necesaria vuestra participación en un acto colectivo de solidaridad con Odiel Munro!»

—Entonces —dijo Rosana—, le hicieron muchas preguntas a la vez:

«—¿Dónde está Odiel?

»—¿Se encuentra bien?

»—¿Cómo has podido dar con él?

»—¿Qué es lo que necesita de nosotros?

»—¿Le has visto hoy?»

Ante esta última pregunta: Alma pareció dudar un momento, para decir luego:

«¡Odiel Munro no existe ya! Pero he visto... he visto a... quiero decir que es como si lo hubiese visto. No puedo explicar ahora nada más, podría estropearlo todo, estamos en el momento decisivo. Ya sé que mis palabras no os bastan, pero lo único que puedo decir es que si, de verdad, queréis prestar ayuda a aquel que conocisteis como Odiel Munro tendréis que hacer cuanto yo os diga.»

—A pesar de la insólita propuesta —prosiguió Rosana—, Alma había hablado con un acento tal de sinceridad y urgencia que, al poco rato, muchos se manifestaron a favor de hacer lo que fuese necesario. Algo muy fuera de lo corriente estaba en juego: esa sensación flotaba en el ambiente. Alma completó su comunicado a la asamblea:

«Felizmente, para esta tarde y noche, como final de las fiestas, habéis preparado un gran baile de disfraces para gente de todas las edades. ¡Pues bien, esto resulta ahora una oportuna coincidencia que puede ayudarnos a conseguir algo fantástico! Escuchadme con muchísima atención: que cada uno de vosotros, hombres, mujeres, jóvenes y niños, toda la gente que pueda, transforme el disfraz que tenía preparado, para convertirlo en la indumentaria de uno cualquiera de los personajes de los cuentos de Odiel Munro. Es necesario conseguir una gran variedad de atuendos y que las caracterizaciones sean lo más exactas posible. Una vez todos disfrazados, nos pondremos en marcha, a las seis de la tarde, para llegar antes del atardecer a las inmediaciones del colmenar de Zarzaumbría. No os puedo prometer nada, pero si la cosa sale bien esta misma noche sabréis el porqué de todo esto.»

—Las palabras de Alma, como podéis imaginar, causaron mucho alboroto —añadió Jorge—. Le hicieron muchas preguntas, pero ella se negaba a dar más detalles, repitiendo una y otra vez que el experimento requería ese misterio. Al final, la mayoría decidimos seguir las instrucciones recibidas y acudir en ayuda de Munro o, mejor dicho, de la persona que Munro fuese en realidad.

—¿Dónde está ahora Alma? —preguntó Mónica.

—Vendrá enseguida. Se ha quedado rezagada hablando con la gente.

Los chicos ya no necesitaban más aclaraciones. Podían, de nuevo, pasar a la acción. Estaban convencidos de que una hermosa experiencia les aguardaba a todos en el bosque de Zarzaumbría.

No les costó mucho elegir un personaje para preparar su disfraz. Conocían muchos cuentos y leyendas del repertorio de Odiel Munro...

—Mi personaje será Diblea, la amazona del cuento del bosque luminoso —decidió Mónica.

—Yo me disfrazaré de Moumir, el faquir que salía en la leyenda de los ríos subterráneos, ¿os acordáis? La contó el año pasado.

Víctor dudó un poco más, pero enseguida anunció su decisión.

—Yo seré Gabriel, el pastor que quería viajar con los Magos del Amanecer...

—¡Pero, ese es del cuento del otro día y no llegó a terminarlo! —protestó Mónica.

—Da igual. Con lo que sabemos me basta.

Y, como ellos, sus padres y una gran parte de los veraneantes y vecinos de Calahonda, estaban dedicados en aquellos momentos a la preparación del improvisado carnaval de Zarzaumbría.

Entretanto, Alma, la inspiradora de la fiesta, estaba recorriendo corrales y gallineros en busca de elementos para su propio disfraz. Recogió un gran número de plumas de oca, gallina, pavo real y otras aves. Cuando tuvo las suficientes, se dirigió a casa. Al verla llegar con aquel cargamento, los chicos le preguntaron:

—¿Qué vas a hacer con tantas plumas?

—Mi vestido de mujer-pájaro. Es un personaje de un cuento de Odiel, *El vuelo de la mujer-pájaro*.

—Pero, ¿cómo conoces tú ese cuento? Nosotros nunca lo hemos oído —preguntó Rubén muy sorprendido.

—Él me lo contó esta mañana —repuso Alma enigmática.

—¿Quién, Odiel? —le preguntaron los tres al mismo tiempo.

—No, él —puntualizó con un fulgor malicioso en las pupilas.

X. EL MÁGICO CARNAVAL DE LUNA LLENA

A la hora convenida, los participantes estaban preparados. El sentimiento de solidaridad había obrado maravillas. Como si aquel fuese un pueblo de hábiles figurinistas y sastres de teatro, improvisaron vistosos atuendos con los que adquirieron la apariencia de los personajes de los cuentos.

Estaban allí los *Alquimistas del fondo del mar*, el *Mercader de sueños*, la *Hechicera del país de las nubes*, los *Duendes de las estrellas*, el *Hombre fosforescente*, el *Hada de la imaginación*, el *Poeta de la mirada de colores*, el *Enanito busca-luciérnagas*, el *Pirata que se quedó sin barco*, la *Encantadora de flores*, y muchos, muchísimos otros personajes de las historias narradas por Munro durante los veranos anteriores.

Alma y los tres chicos también habían conseguido magníficos resultados con sus indumentarias. Todos, hasta el guardabosque del sector de Zarzaumbría, que había abandonado su zona a petición de Alma, estaban allí disfrazados y dispuestos a emprender la aventura.

Poco después de las seis de la tarde, la comitiva se puso en marcha. El inacabable desfile de personajes poblaba el bosque de encanto. Caminaban charlando e intercambiando bromas, pero sin olvidar el misterioso objetivo de la expedición.

Pasadas las ocho, llegaron a las proximidades del colmenar que Rubén, Mónica y Víctor tan bien conocían. Alma detuvo el avance y se dirigió al grupo.

—Estamos ya muy cerca de nuestro objetivo, amigos. Permaneceremos unos minutos a la espera hasta el momento de actuar. Creo que será cosa de poco tiempo. Mientras tanto, aquella hondonada ocultará nuestra presencia. Procurad no hacer ruido.

Los disfrazados se dirigieron sigilosamente al lugar indicado. Hasta los niños más pequeños respetaron la consigna y guardaron silencio. Todos estaban muy impacientes, todos deseaban entrar en acción cuanto antes, pero cumplieron las peticiones de Alma.

Una vez la gente acomodada, ella dijo:

—Esperad aquí, compañeros. Tengo que ir a comprobar si ha llegado ya el momento oportuno para nuestra misión. ¡Volveré tan pronto como pueda y, entonces, partiremos todos juntos!

Dicho esto, se alejó cautelosamente bosque arriba. Sus sobrinos estuvieron a punto de seguirla pero, sensatamente, se dieron cuenta de que era mejor no hacerlo.

—Ahora formamos un gran equipo con todos los demás, permaneceremos aquí hasta que llegue el momento. El caso de Alma es distinto, ella es quien conoce el secreto de este asunto.

Una hora más tarde, cuando ya muchos empezaban a dar muestras de impaciencia, Alma reapareció. Su bellísimo vestido de plumas relucía como nunca bajo el filtrado resplandor de la luna llena. Antes de que dijera nada, el alcalde, que también figuraba en la compañía de personajes fantásticos, le hizo una pregunta que estaba en la mente de todos:

—Odiel Munro o, en fin, él, esa persona, sea quien sea, ¿sabe que estamos aquí con la intención de prestarle ayuda?

La mujer-pájaro respondió resueltamente:

—No, no lo sabe. ¡No sabe ni siquiera que todo este rato he estado muy cerca de él! Ya sé que todo esto os resulta incomprensible, pero es necesario que sea así. Si el intento da buen resultado, muy pronto estaréis en posesión del secreto —hizo una pausa y luego continuó con pasión contagiosa—: Ha llegado el momento que esperábamos. ¡Ahora va a empezar de verdad nuestra aventura! Avanzaremos desplegados, formando un frente de unos doscientos metros. Es preciso que no se escuche ni el menor ruido: pisad con precaución, el crujido de las ramas secas podría delatar nuestra presencia. No encendáis faroles ni linternas: ¡la luz de la luna bastará!

Los disfrazados se aprestaron a formar el frente sugerido. A medida que pasaban junto a Alma, ésta les susurraba las últimas indicaciones.

—Pensad que encarnáis las ficciones de aquel que se hacía llamar Odiel Munro: vuestros movimientos tienen que estar en armonía con el personaje que habéis elegido. Los seres de sus cuentos y leyendas van a cobrar ahora en vosotros una vida mágica. Actuad con esta convicción. Vamos a realizar un sincero acto de amor y gratitud: que quien tantas veces os maravilló con sus historias tenga la impresión de que el espacio se ha llenado de todas ellas como si, por una vez, los personajes de la imaginación hubiesen invadido el bosque.

Cuando la extensa fila estuvo alineada, Alma, situada en el centro, transmitió a derecha e izquierda la señal de ponerse en movimiento. A juzgar por el silencio con que efectuaron el avance, nadie hubiese dicho que, al amparo del bosque, progresaba el fabuloso ejército.

Caminaron en sentido ascendente, con muchas precauciones, por espacio de unos diez minutos. El colmenar abandonado quedó a sus espaldas. Estaban internándose en la zona montañosa del sector de Zarzaumbría. Poco después, apareció ante ellos, a no mucha distancia, un promontorio sin árboles que resultaba claramente visible bajo el resplandor lunar. Y, allí, en el centro de aquella desnuda elevación del terreno, los que llevaban catale-

jos pudieron divisar una gran piedra plana, semejante a un altar, sobre la que estaba tendida una figura humana, inmóvil.

Entonces, Alma indicó por señas que la línea de avance se cerrase en torno al promontorio. El aviso fue llegando, de persona en persona, hasta los dos extremos de la fila. Enseguida iniciaron la maniobra envolvente y, en muy poco tiempo, el gran anillo de seres imaginarios quedó cerrado.

Al estar más cerca, observaron que el misterioso ocupante de la piedra era un hombre. Pero estaba fuera de toda duda que no se trataba de Odiel Munro. Una suave respiración era el único movimiento que se apreciaba en el cuerpo inerte. Daba la sensación de estar profundamente dormido.

Alma abrió las preciosas alas que formaban parte de su indumentaria de mujer-pájaro e inició una lenta y majestuosa danza. Al verla tan ensimismada en sus evoluciones, acercándose al personaje yacente, los demás pensaron que iba a despertarlo de su sueño. Entonces, se sintieron impulsados a imitarla. Todos emprendieron una gran danza colectiva que les hizo dispersarse en torno a la piedra.

Hasta los menos dotados para el baile notaron que sus cuerpos perdían gravidez. Animados por el silencioso resplandor del pleni-

lunio que realzaba sus variados y maravillosos atavíos, giraban sobre sí mismos, hacían volar brazos y piernas: todas las cualidades mágicas de sus personajes parecían haber pasado a su poder.

La escena era de una belleza tan grande que cualquiera hubiese dicho que, realmente, los más bellos cuentos de Odiel Munro habían adquirido las tres dimensiones del espacio para darse cita en el suave promontorio de Zarzaumbría. Mientras, los ojos del personaje tendido continuaban cerrados, sin advertir la presencia de los bailarines.

Para todos los actores de aquella espontánea coreografía resultaba muy placentero dar vida a los seres de ficción. Nadie se daba exacta cuenta del tiempo que transcurría, se sentían dispuestos a proseguir con su danza feérica hasta el momento de la aurora. La atmósfera envolvente parecía haber adquirido todas las propiedades de la fantasía. Aquel podía tomarse por un lugar fuera del tiempo y del espacio, así convertido por obra y gracia de la danza.

De improviso, una exhalación cálida y vibrante hizo temblar el aire. Instintivamente, todos miraron a la piedra. El hombre dormido se había puesto en pie súbitamente y miraba, alucinado, a su alrededor. El sublime espectáculo que a sus ojos se ofrecía le había causado una grandísima impresión. Permaneció unos momentos fascinado, admirando lo que el claro de luna le mostraba. Luego, como queriendo convencerse de que no estaba dormido, se frotó las mejillas con las manos y dijo con voz sonámbula:

—¡No puede ser cierto lo que veo! ¿Sois los fantasmas de mi mente? ¿Cómo, si no, puedo ver tanta delicia? —hizo una pausa, parecía estar buscando algo dentro de sí mismo—. Ahora me parece que otra vez... ¡Pero, no, es mejor que no me engañe! Pronto se desvanecerá el encantamiento y quedaré otra vez solo, solo y a merced de la fuerza fugitiva...

En aquel momento, vehemente y sonora, la voz de Alma Nírel se elevó por encima de la danza:

—¡No, Profesor: la fuerte impresión que ha recibido está surtiendo efecto! ¡Lo que usted dijo se ha cumplido del mejor modo posible! ¡Y ya no hay vuelta atrás...!

Al oír aquellas palabras, el desconocido reaccionó y, con formidable energía, dijo:

—¡¡¡Sí, tienes razón: *todo* está volviendo a mí!!! —y cayó desvanecido sobre la piedra.

La danza cesó. Los disfrazados que estaban más cerca de él corrieron a prestarle auxilio. Entonces, alguien dijo:

—Pero... ¡si es Maximus Houdini, el gran mentalista! —mirando después a Alma para obtener la confirmación.

—Sí, es él —ratificó—. Ahora ya puede saberse. Pero, ante todo, tenemos que reanimarlo, con mucho cuidado...

Tomaron entre varios su cuerpo sin sentido y lo mecieron dulcemente. Al compás del delicado vaivén, el desmayado fue reaccionando sin dificultad. Sus ojos, humedecidos por la emoción, expresaban un inmenso agradecimiento. Buscó a Alma con la mirada y murmuró:

—No lo esperaba, nunca imaginé que harías esto... pero, ha ido bien, muy bien. Ahora necesito descansar, descansar un poco; el esfuerzo ha sido grande... Enseguida me repondré, necesito sólo unos minutos.

—¿Convocamos una reunión en Calahonda para poner a nuestros amigos al corriente de todo? —le preguntó Alma.

—Sí, sí, claro, para mí será una satisfacción muy grande, muy grande...

Alma se subió a la piedra y anunció:

—A las doce nos encontraremos de nuevo, en la sala del Ayuntamiento. Podéis volver a Calahonda. ¡Pronto, muy pronto, conoceréis el gran secreto de Odiel Munro!

XI. ¡TODOS ELLOS ERAN ODIEL MUNRO!

Al filo de la medianoche, Alma Nírel y el enigmático personaje hicieron su entrada en el salón del consistorio. La gente se apretujaba con enorme expectación. Ni siquiera se habían quitado los disfraces, aquello parecía un bullicioso carnaval. Rubén, Mónica y Víctor esperaban también ansiosamente la exposición de hechos que se iba a producir.

—En primer lugar, tengo el honor de presentaros —dijo Alma— al Profesor Maximus Houdini. Para aquellos que no le conozcan, diré que se trata de uno de los más destacados magos mentales de nuestro país. Su reputación es internacional y sus éxitos se han producido en los más famosos teatros del mundo. Pues bien, él fue quien, bajo la caracterización de Odiel, visitó esta comarca durante los últimos veranos. Sí, lo habéis entendido bien, amigos: ¡Odiel Munro era, en realidad, Maximus Houdini! Pero, mejor será que él mismo explique el porqué de aquella fingida personalidad.

Entre los murmullos de asombro y la curiosidad creciente, Houdini inició sus revelaciones:

—Mi actividad principal es el mentalismo, es decir, la realización de ciertas proezas de transmisión del pensamiento, adivinación y memoria. Algunos de mis números son posibles gracias a trucos que el espectador no advierte pero, en otros casos, mis facultades me permiten captar verdaderamente cifras, letras, nombres e ideas pensados por los espectadores —los asistentes no pudieron evitar un estremecimiento: quien les hablaba tenía la voz de Munro—. Hace algunos años, tuve la idea de adoptar una segunda personalidad para realizar investigaciones secretas acerca de la transmisión del pensamiento. Quería someter mis poderes a otra clase de pruebas, en ambientes distintos de las salas teatrales. Entre varias ideas, elegí la del viejo narrador. Así nació Odiel Munro. Pronto efectué un gran descubrimiento: ¡en el momento de la narración de cuentos, percibía con extraordinaria claridad los pensamientos de mis oyentes!

Aunque los presentes empezaban a comprender, quedaban todavía muchos puntos oscuros. El silencio petrificado con que escuchaban a Houdini era un claro indicio de ello.

—Decidí prolongar la existencia de Munro.

El plan era claro: continuaría mi vida artística durante todo el año y reservaría unas semanas de verano para experimentar. Me hice construir el carro, compré los mulos y resucité el espectáculo con palomas que había dado comienzo a mi carrera, hace ya tiempo. La exhibición de las aves me iba a proporcionar un excelente pretexto para recorrer los pueblos y llevar a término lo que verdaderamente me interesaba: las *horas del cuento.* Al principio, narraba antiguas historias que aprendí de mi madre pero, pronto, dejé de necesitarlas. En cuanto anunciaba el título de una leyenda, llegaban a mi mente, procedentes de las mentes de los que escuchaban, muchas sugerencias acerca de su argumento y desarrollo. Era lo que ellos, sin darse cuenta, imaginaban al escuchar el título.

Houdini hizo una pausa y miró a la audiencia para comprobar el efecto de sus palabras. Vio todavía muchos rostros perplejos. Entonces, con ilusionada voz, dio nuevas aclaraciones:

—En otras palabras: los propios niños y muchachos me *dictaban* paso a paso, sin ser conscientes de ello, a través de la transmisión del pensamiento, los cuentos que yo narraba. Por lo tanto, todos los relatos maravillosos que Odiel Munro contó aquí en Calahonda, no eran más que el resultado de lo que entre todos imaginábais! ¡Es decir, amigos míos: en realidad Odiel Munro sois vosotros, vosotros y la gente de los otros pueblos de la comarca!

Una explosión de asombro se adueñó de la asamblea. Pero el formidable telépata aún no había concluido:

—Por eso decidí repetir mis visitas a lo lar-

go de sucesivos veranos. Para dar a conocer mi experimento, quería presentar el fantástico resultado de tantos encuentros, la colección de cuentos y leyendas creados con el nuevo sistema. Los tengo todos minuciosamente anotados. Me había propuesto reunir quinientos y me faltaban sólo veinte. Esperaba poder completar la fabulosa serie este verano... ¡pero un angustioso problema apareció!

Los presentes, algo sobrecogidos por aquella última frase, se dispusieron a enterarse de las causas de su súbita desaparición de Calahonda.

—Hace unas pocas semanas —continuó Houdini—, cuando estaba realizando una de las últimas actuaciones teatrales de la temporada, ocurrió algo terrible: mis facultades telepáticas empezaron a debilitarse repentinamente. Murmuré unas excusas y me retiré del escenario. Luego, decidí continuar, pero únicamente con aquellos números que podía hacer con trucos.

»Dos días después, durante mi siguiente exhibición pública, el fenómeno se agravó hasta tal punto que no pude leer absolutamente nada en la mente de los espectadores. Suspendí aquella actuación y las pocas que tenía pendientes, pretextando una dolencia pasajera. Estaba muy alarmado, me angustiaba la idea de perder mi más preciosa facultad. Descansé mucho hasta el momento de adquirir, por última vez, la identidad de Odiel Munro. No me había tranquilizado totalmente pero, al reunirme de nuevo con los mulos y las palomas, pensé que la atmósfera deliciosa de los encuentros me ayudaría a recobrar la buena forma...

En aquel momento, todos recordaron la interrumpida sesión del claro del bosque.

—..., pero no fue así: al empezar con el cuento de los Magos del Amanecer, advertí que me costaba un gran esfuerzo percibir lo que había en vuestras mentes. En algunos momentos podía captar algo, podía formar algunas frases de la historia pero, luego, me quedaba en blanco. Miraba hacia el bosque, buscando concentración, sin resultado. Decidí alejarme un momento para tratar de restablecer la normalidad en mi cerebro, pero en él seguía habiendo un gran vacío. Entonces, pensé que no tenía otro remedio que buscar la soledad: sólo en una prolongada concentración, en condiciones de total aislamiento, podría, tal vez, recuperarme. ¡Necesitaba estar solo, completamente solo!

—Muchos se estarán preguntando ahora —intervino Alma—, ¿por qué no pediste ayuda o, cuando menos, por qué no te despediste de una forma menos alarmante?

—Reconozco que me dejé guiar por mis impulsos... ¡Además, no podía permitir que se supiese que Maximus Houdini había perdido sus facultades! ¡Eso hubiese podido significar el fin de mi carrera! Espero que sabréis comprender y perdonar... sólo veía la salvación en el aislamiento. ¡Estuve varios días en el bosque, ocultándome al paso de vuestras patrullas hasta que, felizmente, Alma dio conmigo!

La aludida tomó de nuevo la palabra:

—Cuando esta mañana descubrí a Houdini, me llevé una sorpresa enorme. Le reconocí al instante, pues le había visto actuar varias veces. Cuando me vio, intentó escapar; entonces fingí desmayarme y quedar colgada de un árbol en peligrosa situación. Gracias a esta estratagema, pude retenerle —dijo mirando de reojo a Maximus, mientras éste sonreía con afectuosa indulgencia—. Vino en mi ayuda y yo aproveché la situación para ganarme su confianza. Después de hacerme jurar solemnemente que no revelaría a nadie su secreto, se decidió a contarme todo lo que ya sabéis. El final de nuestra conversación fue el siguiente...

Como en una función de teatro improvisado, Alma y Houdini repitieron ante todos los asistentes el diálogo que habían mantenido:

—¿Todavía tiene esperanzas de recuperar sus facultades, Profesor?

—No muchas, pero voy a pasar toda la noche en relajación profunda. Es mi última posibilidad: si no me recobro con esto, perderé mis aptitudes telepáticas para siempre. Mañana, cuando salga el sol, sabré si el definitivo intento ha dado resultado. Una señal en mi interior lo indicará.

—Pero, ¿no habría otro modo que ofreciese mayores garantías?

—Sí. Una impresión muy intensa y totalmente fuera de lo común podría hacerme reaccionar. Pero aquí no tengo forma de procurarme ese impacto que, además, tendría que ser inesperado. En suma: no es posible.

—¡Ojalá que salga bien, Profesor!

—Te agradezco tu afecto. Ahora me alegro de que me hayas encontrado: aunque nada puedes hacer en mi favor, hablando contigo me he serenado un poco. Pero, tendremos que separarnos. Necesito prepararme mentalmente durante muchas horas para hacer la relajación de esta noche en las mejores condiciones.

—Adiós, Maximus Houdini. Me alegra muchísimo haberle conocido, aunque haya sido en circunstancias tan amargas.

—Adiós, Alma. ¡Si todo sale bien, volveremos a vernos!

—Entonces, ¡hasta muy pronto, Profesor!

Acabada la reconstrucción del diálogo, Alma se volvió hacia la sala y sólo tuvo que añadir:

—La idea me vino enseguida. Si él despertaba bajo la luz de la luna y se encontraba de pronto rodeado por los personajes de los cuentos de *Odiel Munro,* eso le causaría una impresión tan fuerte, agradable y fuera de lo común, que el éxito estaba casi asegurado. ¡Y, por fortuna para él y para todos nosotros, el experimento dio su resultado!

—Quisiera en este momento —dijo finalmente Houdini— abrazaros a todos uno a uno. ¡Todo lo que pueda hacer de ahora en adelante será gracias a vosotros, queridos amigos!

Y, entre emoción y alegres lágrimas, todos acabaron abrazándose.

EPÍLOGO

Después del final feliz que conocemos, Houdini prosiguió con sus sesiones, ya sin el disfraz de Munro, hasta completar los quinientos cuentos. Rubén, Mónica, Víctor y Alma lo acompañaron durante aquellos días y su amistad se prolongó por mucho tiempo.

La experiencia fue dada a conocer al mundo y la noticia causó una gran sensación. Sus ecos y consecuencias distan de haberse apagado. Este pequeño libro no es más que una de ellas.

ÍNDICE

I. Un anochecer en el bosque . . 7
II. Calahonda se viste de fiesta . 13
III. Una senda dorada para Odiel Munro 20
IV. El momento de la mágica transferencia 27
V. Pesquisas y sobresaltos nocturnos 40
VI. Una desaparición que convulsiona a Calahonda 48
VII. La última pista se cierra sobre sí misma 59
VIII. El misterio se agranda en el colmenar de Zarzaumbría . . 65
IX. Los personajes de los cuentos se ponen en movimiento . . . 76
X. El mágico carnaval de luna llena 89
XI. ¡Todos ellos eran Odiel Munro! 99
Epílogo 108